DON RAPHAEL,

OU LA CONFESSION.

ESQUISSE DRAMATIQUE,

PAR M. ULYSSE PIC,

Rédacteur en chef de l'Union Libérale.

NEVERS,

IMPRIMERIE DE REGNAUDIN-LEFEBVRE.

—

1847.

DON RAPHAEL,

OU LA CONFESSION.

ESQUISSE DRAMATIQUE.

Représentée pour la première fois à Nevers, le 10 décembre 1846.

PERSONNAGES :

Don RAPHAEL.   Dona BIANCA.
JACOPPO.   Dona LAURA.
Gil PERÈS.   La Marquise de PRIÈGO.
TORENO.   La Marquise de COVENDOGA.
Deux Seigneurs.   Seigneurs et Bourgeois.
Un Crieur public.

La scène se passe dans la cathédrale de Séville, vers 1600.

(Le théâtre offre à gauche un prie-dieu, à droite un bénitier.)

SCENE I.

GIL PERÈS, DONA LAURA.

GIL PÉRÈS, (*assis à côté du bénitier, et ayant à la main un plateau d'argent, quête pour les ames des morts.*)

DONA LAURA, (*descend le théâtre, et en passant à côté de Gil Perès met une pièce de monnaie dans le plateau.*)

DONA LAURA.

Tenez Don Gil.

GIL PERÈS.

Dieu vous le rende, Senora.

(*Il se signe.*)

DONA LAURA.

Vous voilà bien triste, mon pauvre Gil Perès? l'Eglise est en deuil aujourd'hui et Séville dans la consternation.

GIL PERÈS.

C'est que le malheur qui nous arrive est un grand malheur, Senora, qui frappe à la fois et d'un coup terrible deux des plus illustres familles de Séville : la noble maison de Villaflores, grands d'Espagne de père en fils, depuis Charles-Quint, et celle des Sotomayor. Deux blasons sans tache.

DONA LAURA.

Eh bien ! je vous le dis, Gil. Jusqu'au moment où il y a qu'une heure environ, les juges ont rendu la sentence qui déclare Fernand de Soto-mayor coupable d'avoir assassiné, la nuit, Don Luis de Villaréal ; je n'y croyais pas.......... Oh! sur mon ame, je n'y croyais pas! Je pensais qu'il y avait là dessous quelque affreux mystère qui se découvrirait à la fin.....

GIL PERÈS.

Et moi comme vous, Senora. Car enfin, Fernand de Sotomayor a tou-jours protesté de son innocence, et l'on dit même qu'après que les juges ont eu rendu l'arrêt de mort.........

DONA LAURA.

J'y étais, Don Gil. C'est Don Marforio, vous savez Marforio, le grand maigre et pâle qu'on prendrait plutôt pour le bourreau que pour le juge, qui s'est levé pour prononcer la sentence. Je m'en souviens comme si j'y étais encore. Il y avait dans la salle un silence effrayant ; on ne respirait pas : la voix profonde du juge dit : « Le tribunal considérant Don » Fernand de Sotomayor convaincu d'avoir, durant la nuit, attiré dans un » guet-à-pens, sous prétexte d'un duel loyal, Don Luis de Villaréal : de » s'être précipité sur lui avant que Don Luis eut même le temps de tirer » son épée, et de lui avoir traîtreusement donné la mort, condamne Don » Fernand de Sotomayor à la peine des assassins, mais par respect pour » le nom des Sotomayor lui accorde la faveur d'une mort militaire.»

GIL PERÈS, (douloureusement.)

Des assassins ! Et quel effet cette sentence a-t-elle produit sur l'assemblée, Dona Laura ?

DONA LAURA.

C'était comme si les paroles du juge Marforio étaient tombées dans un sépulcre. L'assemblée restait muette, épouvantée, immobile.

GIL PERÈS.

Et ensuite ?

DONA LAURA.

Don Fernand de Sotomayor, pâle et froid comme le marbre, a été emmené par les gardes et la foule s'est écoulée.

GIL PERÈS (à lui-même et avec douleur.)

Assassin ! un tel nom souillé d'une pareille tache ! Assassin ! le fils aîné des Sotomayor, le frère bien-aimé de l'abbé Don Raphaël, de celui qu'on nomme l'Ange de Séville, le plus doux, le plus pieux, le plus saint des serviteurs de Dieu. Voyez-vous, Dona Laura, de tous ceux que frappe ce malheur terrible, pères, mères, fiancées, enfants, vieillards, c'est surtout celui-là que je plains, moi, et c'est celui-là qui me fait croire qu'il y a bien un crime et que la sentence des juges est bien la sentence de Dieu !

DONA LAURA.

Je commence à le croire comme vous, Gil Perés. Car enfin, depuis trois grands jours mortels qu'il est là bas dans la sombre chapelle des morts, le pauvre abbé Don Raphaël, à genoux sur la dalle froide, pleurant, sanglottant, se meurtrissant la poitrine, et priant Dieu pour son frère, il est impossible que si Don Fernand eût été innocent, la sainte grâce ne fut pas venue ouvrir les yeux et le cœur des juges!

GIL PERÈS.

Et sait-on, Senora, ce qui se passe dans la famille de Villaflores? Ce doit être une terrible et pitoyable douleur!

DONA LAURA.

Hélas! le vieux marquis de Villaflores, le jour où il apprit la nouvelle du crime, fit venir près de lui ses deux filles, Dona Thérésa et Dona Bianca, la charmante fiancée de Don Fernand, et leur dit en pleurant : Voyez-vous, mes deux pauvres filles, l'orgueil de ma vieillesse, voilà tout ce qui nous reste à présent : A vous le couvent, à moi la tombe!

GIL PERÈS.

Hélas! hélas! Pauvre Dona Bianca!

DONA LAURA.

Bonjour, Gil, voilà du monde qui descend l'église.

(*Elle sort.*)

—

SCÈNE II.

GIL PÉRÈS, LA MARQUISE.

GIL PERÈS (*reprend sa place près du bénitier. Une femme (voilée descend la scène.)*

GIL PERÈS, (*à part.*)

Dona Luisa, marquise de Priégo! (*il tend le plateau.*) Pour les ames des morts, s'il vous plaît!

LA MARQUISE. (*mettant des offrandes dans le plateau.*)

Tiens Gil, pour les ames des innocents... Pour Don Luis de Villa-réal.

(*Elle sort.*)

——

SCÈNE III.

GIL PERES, LA DUCHESSE.

GIL PERÈS, (*à part.*)

Au coupable la mort et la malédiction de tous! (*Une seconde femme passe.*) La duchesse de Covendoga! Pour les ames des morts, s'il vous plaît !

LA DUCHESSE.

Pour le repos de la victime ; pour le tourment éternel de l'assassin !

(*Elle sort.*)

——

SCÈNE IV.

(*Deux personnnages descendent la scène lentement.*)

LE PREMIER PERSONNAGE.

Je ne suis pas de votre avis, duc ; je crois au crime! moi. L'événement est inexplicable sans un crime.

LE DEUXIÈME PERSONNAGE.

Moi, je me souviens que Don Fernand fut toujours un brave, comte, et en somme, j'ai pour principe de ne jamais croire aux jugements de Marforio.

(*Ils sortent en déposant leur offrande dans le plateau.*)

(*Au même moment entre Toreno.*)

——

SCÈNE V.

GIL PERÈS, TORENO.

TORENO.

Tiens ! c'est l'ami Gil.

GIL PERÈS.

Toreno !

TORENO.

Or çà, par Saint-Jacques, est-ce bien toi, Gil ? Qui diable vous a affublé comme cela, Gil Perès, mon brave compagnon des montagnes de la Sierra ? Un àncien bandit de la bande de Jacoppo transformé en capucin ! Ah ! Demonio, je te devine, coquin, tu travailles pour ton compte particulier ; tu médites de dévaliser la cathédrale de Séville !

GIL PÉRÈS.

Silence, mécréant ! Ne dis pas de ces choses-là par ici, Toreno ; je te conterai tout.

TORENO.

Or çà, Gil, je suppose que tu n'as pas tout-à-fait renoncé au vin pour l'eau bénite. Je sais par ici d'un bon Xérès de contrebande ; à deux pas, chez l'hôtellier Giacomo, un de nos amis. Entre deux bouteilles on cause à l'aise, viens-tu ?

GIL PÉRÈS.

Chut ! Une minute. Va déboucher les flacons. Je ferme l'église et je suis à toi. Les devoirs de ma charge avant tout, vois-tu, l'ami ? Aujourd'hui que je sers le bon Dieu, j'y mets le même scrupule qu'à l'époque où je servais le diable avec toi et Jacoppo. Va chez Giacomo, je te rejoins.

TORENO.

Ah ! ça mon vieux, tu lui en veux donc toujours à ce bon Jacoppo?

GIL PÉRÈS.

Si je lui en veux! Va, va, Toreno, nous en causerons tout-à-l'heure, chez Giacomo ; fais déboucher les flacons.

(Il le pousse par les épaules, Toreno sort.)

—

SCÈNE VI.

GIL PÉRÈS, *(seul.)*

Maudite rencontre ! Bah ! c'est égal ! il faut faire bonne contenance avec ces coquins-là. Voilà le vingtième qui me vient flairer sous le nez depuis que je me cache par ici, derrière le bénitier de la cathédrale. Je me croyais pourtant suffisamment transfiguré sous mon nouvel accoutrement. Enfin, n'importe ! J'ai renoncé à Satan, je suis bien ici, j'y resterai. Je me suis voué au service de l'abbé Don Raphaël, c'est jusqu'à la mort. Digne jeune homme ! Je n'oublierai jamais que je lui dois la vie. Il m'a ramassé un jour tout sanglant sur le pavé, à moitié éventré par ce brigand de Jacoppo. Il pouvait me faire pendre, il m'a sauvé. Je lui appartiens corps et ame. Moi, le bandit Gil Pérès, je me suis fait donneur d'eau bénite ; ça rapporte moins pour la bourse, mais cela vaut mieux pour la conscience. Quand je rencontre un vieux camarade, ce qui n'arrive que trop souvent pour le salut de mon ame, cela ne m'empêche jamais de trinquer avec lui un verre de Xérès ou de Malaga. Une sincère affection pour le vin de contrebande, c'est tout ce qui me reste de mon ancien métier, avec une rancune à mort, par exemple, contre ce damné Jacoppo qui, après m'avoir pris ma maîtresse, me poignarda un soir sous le porche de cette église. Maintenant, voici la nuit, je n'ai plus rien à faire par ici, allons trouver Toreno. *(Il se dépouille de sa souquenille de donneur d'eau bénite, et prend, dans la coulisse, sans quitter la scène, un sombrero et un manteau catalan.)*

C'est égal, je n'ai guère le cœur à boire aujourd'hui, quand le seigneur Don Raphaël, mon maître, est dans les larmes. Mais si je n'allais pas trouver ce coquin de Toreno, le maudit serait capable de venir me relancer jusque dans la sacristie.

(Il va pour sortir.)

—

SCÈNE VII.

(Une femme voilée entre.)

DONA BIANCA, GIL PÉRÈS.

DONA BIANCA.

C'est vous, Gil Pérès. Où est l'abbé Don Raphaël ?

GIL PÉRÈS.

Le seigneur abbé Don Raphaël, Senora ? hélas ! on ne peut le voir à cette heure. Il est en prière dans la chapelle des morts pour son frère bien-aimé.

DONA BIANCA.

Il faut que je le voie, Gil Pérès, que je lui parle sur-le-champ.

GIL PÉRÈS.

Oh ! n'insistez pas Senora : Songez-y donc ! une étrangère, en un pareil moment, troubler une telle douleur ! une mère, une sœur, l'oseraient à peine, Senora.

DONA BIANCA.

Est-ce que je ne vaux pas une mère, une sœur, moi ? Regardez-moi donc Gil Pérès.

(*Elle lève son voile.*)

GIL PÉRÈS.

Vous ?

DONA BIANCA.

La fiancée de Don Fernand de Sotomayor !

GIL PÉRÈS.

Dona Bianca ! Pauvre fille ! mais tenez, Senora, j'apperçois là bas Don Raphaël. Il vient de ce côté. Qu'il a l'air de souffrir !

(*Raphaël descend lentement, et vient du fond de l'église.*)

(*Dona Bianca s'élance vers lui.*)

—

SCÈNE VIII.

GIL PÉRÈS, DONA BIANCA, DON RAPHAEL.

DONA BIANCA.

O mon frère ! mon frère !

DON RAPHAEL.

Vous, Madame ! Que faites-vous ici ?

DONA BIANCA.

Je viens prier, prier avec vous, Don Raphaël. Mais dites, dites quelle nouvelle ? Ils ne le condamneront pas, n'est-ce pas ? Il est innocent ! Vous le savez bien vous, que Don Fernand est innocent ?

DON RAPHAEL.

Elle ignore tout, ô mon Dieu !

DONA BIANCA.

Oh vous ! mon frère, vous, un' saint prêtre, l'ange de Séville, Dieu doit tout vous dire à vous ! N'est-ce pas que Don Fernand ne peut être condamné ? Je ne sais rien, moi, voyez-vous. Il y a quelques minutes, je me suis enfuie de la maison paternelle : Est-ce que je pouvais rester plus long-temps dans cette maison ? Ils m'avaient enfermée. Ils y font tous un silence lugubre. Personne ne pouvait me donner des nouvelles de Don Fernand. Je me suis enfuie. Je suis venue ici, vers vous et vers Dieu, attendre et prier. Oh ! dites, ils ne le condamneront pas !

DON RAPHAEL, (à part.)

Me fallait-il encore cette épreuve !! (Haut.) Pauvre sœur ! je l'ai demandé à Dieu, agenouillé au pied de ses autels, durant trois nuits et trois jours.......... La justice des hommes est bien obscure, et le malheur qui nous arrive bien profond ! !

DONA BIANCA.

Mais les juges, Seigneur, les juges verront bien que Don Fernand est innocent ! !

2.

DON RAPHAEL.

Dieu seul voit tout, ma sœur !

DONA BIANCA.

Quoi ! Don Raphaël ! c'est tout ce que vous avez à me dire ! La belle pensée vraiment que j'ai eue de venir vous trouver ici ! Vous autres prêtres, vous êtes donc de marbre ! Quand je vous dis qu'il est innocent, Don Fernand !

Don Fernand de Sotomayor et un assassin, ne voyez-vous pas que cela ne peut aller ensemble ? Oh ! c'est infernal !

DON RAPHAEL, (à part.)

Ah ! faites-moi donc mourir, mon Dieu, mourir tout de suite ! La regardant.) Pauvre fille ! Que faire ? que lui dire ?

(S'approchant.)

Voyez, ma sœur, vous êtes injuste!......... Songez-vous bien que vous parlez de Don Fernand, de mon frère bien-aimé, pour qui je voudrais pouvoir tout donner, mon sang et ma vie ?

DONA BIANCA, (éplorée.)

Non, vous ne l'aimez pas.

DON RAPHAEL (doucement.),

Regardez-moi bien ma sœur. Je ne sais pas ce que je suis, mais si la douleur avait fait autant de ravages sur mon visage que dans mon ame, Dona Bianca, vous auriez pitié de moi !

DONA BIANCA.

Il est innocent ! Fernand était joueur, prodigue, c'est possible ! qu'importe ? Fernand était un Sotomayor et point bâtard. Et pourquoi aurait-il assassiné Don Luis ? Est-ce qu'il n'a pas déjà montré plus d'une fois que pour se défaire d'un rival, il n'avait pas besoin de ténèbres, et que son épée lui suffisait au grand soleil ? Qu'on demande donc à Don Sanche si Don Fernand ose regarder ses ennemis en face ! Qu'on demande au chevalier Mendoce, d'où lui vient la marque rouge qu'il porte au cœur ! Qu'on demande à Don Guzman, le bel hidalgo, pourquoi, quand il boit un verre de Xérès à la santé de sa dame, il ne boit que de la main gauche ! Don Fernand un assassin ! mais ils mentent ! ils mentent !

Vous êtes un Sotomayor, vous, est-ce que tout le sang de vos veines ne vous dit pas cela !

DON RAPHAEL.

Hélas ! ma sœur, les décrets de la Providence ont des mystères terribles !

DONA BIANCA.

Mais enfin, Don Raphaël, n'avez-vous pas des amis dans la salle du Palais qui viennent vous raconter ce qui se passe ? (*A Gil Pérès qui entre.*) Toi Gil ! Dis-moi ! que dit-on à la porte du tribunal ? la foule doit être informée. L'heure avance sans doute, ne sais-tu rien ?

GIL PÉRÈS.

Hélas; Senora ! dans trois heures. On attend la nuit. Le seigneur Don Raphaël sait bien cela. Par respect pour l'illustre nom des Sotomayor on a accordé au fils aîné les honneurs d'une mort militaire.

DONA BIANCA, (*effarée.*)

La mort ! la mort, dites-vous ! Oh ! Fernand ! Fernand !

> (*Elle s'évanouit et tombe dans les bras de Gil et de Don Raphaël.*)

GIL PÉRÈS.

O mon Dieu ! Qu'ai-je dit !

DON RAPHAEL, (*soutenant Dona Bianca.*)

Tous les malheurs à la fois ! Ma sœur ! ma sœur ! du courage, Dona Bianca ! du courage ! Aide-moi à la soutenir, Gil Pérès. Tiens, là, là, dans la sacristie, ma mère y est en prières depuis ce matin. C'est Dieu qui rassemble les victimes. Ma mère ne la repoussera pas : c'était déjà sa fille.

> (*Gil et Don Raphaël la transportent évanouie dans la sacristie.*)

—

SCÈNE IX.

*(Jacoppo entre par la porte de gauche
enveloppé d'un manteau.)*

*(**La** scène s'assombrit.)*

JACOPPO, *(le chapeau à la main, il prend de l'eau bénite
en entrant.)*

Enfin je suis parvenu ici sans péril. J'ai cru un moment que deux
hommes me suivaient. Mais qui m'aurait reconnu ici ? Je n'ai paru à
Séville qu'une heure et c'était la nuit; durant trois jours je suis resté sur
la montagne. J'espérais trouver un prêtre à Morillo. Le digne homme
était absent pour le service des âmes de sa paroisse. Alors j'ai pris le
parti de descendre à Séville. Il me faut un prêtre avant minuit. A minuit ma dernière expédition seulement. Mais je ne voudrais pas l'entre-
prendre sans avoir reçu l'absolution. Nous autres, pauvres diables de
bandits Calabrais, comme on nous appelle, nous sommes en règle avec
la justice et la sainte Hermandad, mais avec Dieu toujours ! Du reste
Dieu et Satan trouvent également leur compte à notre métier. J'ai déjà
donné au Diable dans ma vie le corps de trois évêques, d'un sénateur
et de deux moines dont il avait pris l'ame depuis longtemps. J'ai
déjà donné à notre sainte mère l'Eglise assez de doublons d'Espagne
pour faire des mantilles d'or à toutes les vierges des chapelles de Tolède.
Aussi je vis en paix, et du côté de Dieu et du côté du Diable. Et tous
deux font fructifier vos entreprises, maître Jacoppo !

Mais c'est égal, après le bon coup de cette nuit, je renonce à la pro-
fession. On se fait vieux. — Les équipages du Roi ! Une voiture qui
porte pour un million de douros ! O ma bonne sainte Vierge de Séville,
protégez-moi : je vais confesser mes péchés, bonne Vierge ! Ma mère
m'a élevé en bon chrétien, et vous savez que tous les soirs je récite fidè-
lement vos litanies.

—

SCÈNE X.

DON RAPHAEL, JACOPPO.

*(Don Raphaël descend la scène sans
apercevoir Jacoppo.)*

JACOPPO.

Un prêtre ! Vous m'exaucez en tout, sainte Vierge-Marie !

(Il s'approche doucement.)

Senor ?

DON RAPHAEL, *(se retournant avec douceur.)*

Que me voulez-vous? Qui êtes-vous?

JACOPPO.

Qui je suis, Senor? Un pauvre pécheur. Ce que je demande? les graces du Ciel! me confesser, Senor, et recevoir votre absolution. Je suis un étranger passant par Séville et je ne voudrais pas continuer ma route chargé de péchés, mon doux Senor! Dieu a mis les églises, les sources et les ombrages sur le chemin des voyageurs! les arbres pour le repos, les sources pour la soif, et les églises pour le salut. Je voudrais me confesser, Senor. J'ai fait vœu de ne jamais passer devant une chapelle sans y laisser ma bourse pour le soulagement des pauvres, mes péchés pour l'absolution de mon ame. Voilà la bourse; l'absolution s'il vous plaît, Senor.

DON RAPHAEL.

Vous venez à moi, frère, dans un moment où ma tristesse est si profonde, qu'elle laisse à mon ame bien peu de liberté, à mon esprit bien peu de lumière. Je sais qu'il ne faut jamais ajourner les dispositions que nous donne la grace du ciel; mais jusqu'à demain, mon frère, la prière peut suppléer à la confession, et le Seigneur vous tiendra compte de votre pieux désir. Demain vous trouverez ici l'abbé San Antonio ou le diacre Nunez, et ils recevront l'aveu de vos fautes. Moi, je vous le dis en vérité, je suis dans un moment où mon ame est si sombre et si troublée, que je ne sais pas si Dieu voudrait sanctifier ce que ma main voudrait bénir.

JACOPPO.

Oh! mon doux Senor, ne me refusez pas, je vous prie. Demain je ne pourrai pas être à Séville. Je pars à minuit, et je vous le disais tout-à-l'heure : c'est un vœu que j'ai fait à la sainte Vierge, de ne jamais reprendre ma route sans avoir reçu la rémission de mes péchés. Par grace, Senor, ne me renvoyez pas ainsi : ce sera une bonne œuvre et elle vous portera bonheur.

DON RAPHAEL.

Allons, serviteur de Dieu! Oublie tes propres douleurs pour soulager celles de tes frères! Quand vous expiriez sur le Calvaire. Seigneur, votre flanc sacré saignait à flots, et oubliant votre blessure et votre agonie, vous ne songiez qu'à bénir le monde.

Vous aussi, vous aviez demandé que la main du père éloignât de vous le calice amer, et quand le calice vous fut présenté, vous l'avez bu en silence, souriant et résigné.

(A Jacoppo.)

Venez frère, agenouillez-vous et je vous écoute.

(Ils entrent dans le confessionnal.
Raphaël assis, Jacoppo debout.)

(Raphaël continue.)

Que Dieu mette la grace dans votre cœur et sur vos lèvres ! Et maintenant parlez, mon frère :

JACOPPO.

Je demande à Dieu l'absolution de mes péchés, mon père ; Dieu sait que je suis son fidèle serviteur. Seulement il y a de tristes nécessités en ce monde, mon père, et il est dit dans l'écriture : qu'entre le lever et le coucher du soleil, le plus sage pêche sept fois. Mais avec des neuvaines à la sainte Vierge, avec la confession, on se rattrappe toujours, n'est-ce pas mon père? le curé de Saint-Jacques-de-Compostelle, un saint homme, me l'a dit souvent. Aussi je ne néglige jamais de compter à l'Eglise notre mère autant de douros et de péchés.

DON RAPHAEL, (avec sévérité.)

L'or ne rachète rien, mon frère, il n'y a que la pénitence et le repentir !

JACOPPO, (Se frappant la poitrine.)

Meâ culpâ, meâ culpâ, mon père, je ne pécherai plus. On a bien du mal, voyez-vous, Senor, à se faire une pauvre existence. Je suis de la Calabre, Senor. Quand nous avons quinze ans, le père nous met à la main une escopette, de la poudre et des balles, et nous dit : C'est avec ça qu'on gagne sa vie chez nous de père en fils. L'argent est toujours béni de Dieu, quand on en paie exactement la dîme à la sainte Eglise.

DON RAPHAEL, (à part.)

Un bandit ! !

JACOPPO.

Je n'y ai jamais manqué, voyez-vous, mon père. Soyez miséricordieux pour ma pauvre ame. Encore quelques heures, et Dieu aidant, Jacoppo suspendra l'escopette à son chevet, au dessus du bénitier et du rameau de buis.......... Rien que quelques heures, Senor.

DON RAPHAEL.

Rien que quelque crime, voulez-vous dire.

JACOPPO.

Un crime! oh! non, mon doux Senor! Oh! non, foi de Jacoppo. J'ai juré sur l'ame de mes gens, que celui qui lâcherait une balle serait mort de ma main. Non, mon père, plus de sang! (*Sourdement.*) Il me semble que le dernier que j'ai versé est entré dans ma poitrine et m'étouffe.

DON RAPHAEL, (*à part.*)

Assassin!

JACOPPO.

Meâ culpâ! Meâ culpâ! Soyez miséricordieux, mon père.

DON RAPHAEL, (*rêveur et lentement.*)

Assassin!

JACOPPO.

Meâ culpâ! Meâ culpâ! C'était il y a trois jours, mon père. Dans la rue d'El Toro, à Séville, la nuit, un jeune cavalier sortait du jeu. Ce ne peut pas être un grand péché, mon doux Seigneur, de reprendre l'argent du jeu, c'est l'argent de Satan. Quel mal y a-t-il, à ce que l'argent du jeu s'en aille à l'escopette?

DON RAPHAEL.

Confessez-vous, confessez-vous, et n'augmentez pas l'horreur de votre crime par ces impiétés.

JACOPPO.

Soyez miséricordieux, mon doux Senor. C'était la nuit, l'homme portait dans sa bourse cent pièces d'or. Il venait dans la rue d'El Toro, au rendez-vous d'un cavalier.

DON RAPHAEL, (*avec une expression indéfinissable.*)

Dans la rue d'El Toro !.....

JACOPPO, (*le regarde un moment avec effroi, puis il reprend sa confession.*)

Soyez miséricordieux, mon doux Senor. L'homme venait au rendez-vous d'un cavalier avec lequel il devait se couper la gorge aux flambeaux..... querelle d'amour, je le savais.....

DON RAPHAEL, (*de plus en plus agité.*)

Continuez !

JACOPPO, (*avec une sorte de défiance.*

Je l'attendis sous la grande porte du couvent de la rue d'El Toro ; il venait seul. Je m'approchai : « La charité, Monseigneur ! » Il me donna une piastre : « Je suis un pauvre diable. Monseigneur, il me faudrait cent pièces d'or pour pouvoir vivre en honnête homme. Il voulut tirer son épée.

DON RAPHAEL.

Et alors..........

JACOPPO.

Alors, Seigneur, il glissa sous ma main, j'avais arrêté son épée dans le fourreau.......... sa poitrine rencontra mon poignard.........,... Il poussa un cri..........

DON RAPHAEL, (*dans la plus vive agitation.*)

Dans la rue d'El Toro ! à Séville ! la nuit ! Achève, malheureux !

(*Jacoppo se lève à demi-effrayé.*)

RAPHAEL, (*solennellement.*)

Achève, au nom de Dieu ! Qu'arriva-t-il, quand cet homme tomba assassiné?

JACOPPO, (*baissant le front, comme dominé par l'ascendant du prêtre.*)

Des pas se firent entendre sur le pavé, un cavalier s'élança. J'eus le temps de voir un poignard luire dans sa main..... je m'enfuis.

DON RAPHAEL.

Ce cavalier..... quel était-il? le connais tu?

JACOPPO.

Hélas, Senor ! Dieu fait ce qui lui plait. Sa vengeance frappe où elle veut, et a mille manières d'atteindre les coupables. Il paraît que celui-là devait à Dieu quelque expiation. Ne soyez pas plus impitoyable pour moi que le Seigneur , mon père. Or, le Seigneur m'a pardonné puisqu'il a voulu que ce fût le cavalier qui tombât entre les mains des alguazils et payât pour Jacoppo.....

DON RAPHAEL.

Insensé! Oui, la Providence a des secrets terribles ! Sais-tu comment il se nomme, l'innocent, sur qui retombe le poids de ton crime infernal?

JACOPPO.

Je ne sais.....

DON RAPHAEL.

Don Fernand de Sotomayor ! Et me connais-tu bien, moi, vers qui Dieu t'envoie !

(*Jacoppo le regarde fixement.*)

DON RAPHAEL.

Don Raphael de Sotomayor !

3.

JACOPPO.

Demonio !

> (*Il tire un poignard de dessous son manteau, il se lève et frappe Raphaël. — Raphaël l'arrête et lui arrache le poignard au moment où il le frappe.—Jacoppo tombe à genoux.*)

DON RAPHAEL.

A genoux, assassin ! Ah tu croyais que pour toi, pour l'expiation de tes crimes , Dieu prendrait l'innocent et le livrerait au bourreau !

JACOPPO.

Grâce ! Grâce ! Senor !.....

> DON RAPHAEL, (*comme frappé d'une pensée soudaine laisse tomber le poignard.*)

Dieu ! (*Il porte les deux mains à son front.*) Que fais-je malheureux !

Est-ce que ce secret affreux est à moi ! Cet homme..... c'est un pénitent..... et moi, prêtre de Dieu, moi, dont la main ne doit se lever que pour bénir, j'ai maudit celui qui me demandait grâce et pardon ! Oh ! malheur ! malheur ! ! !

> (*Jacoppo qui a écouté attentivement Raphaël fait un geste pour fuir.*)

DON RAPHAEL.

Il fuit ! Mais mon frère, oh mon Dieu !

> (*Il s'élance vers la porte de l'église, la ferme vivement en dedans et retire la clef.*)

Non, oh non ! vous ne fuirez pas ! par pitié ! Ecoutez-moi. Me laisserez-vous ainsi. Mon frère, mon frère bien-aimé qui va mourir. Mourir d'une mort infâme ! Laisser mourir mon frère sous mes yeux, au milieu des huées de la foule ! Séville entière aux balcons et aux fenêtres

pour voir passer le fils aîné des Sotomayor, les mains liées derrière le
dos comme un assassin, et pour affront suprême, l'écusson de ma famille
illustre, entre les plus illustres, brisé par la main du bourreau. Serait-il
vrai, mon Dieu, que le devoir du prêtre me commande cet épouvantable
sacrifice ? Oh ! cette robe ! cette robe brûle mes épaules comme un cilice
de feu. Seigneur, si ce sont là les œuvres que ta justice commande à tes
serviteurs, j'aimerais mieux servir l'enfer.....

(Jacoppo se signe effrayé et se recule.)

Qu'ai-je dit ? Je blasphême, n'est-ce pas ? Oh ! c'est que je suis fou,
insensé..... Mon Dieu ! j'obéirai, je courberai mon front sous vos décrets terribles.....Mais vous, n'aurez-vous pas quelque pitié de moi.....
Par grâce, dites-leur que mon frère est innocent..... Oh non ! c'est impossible, vous ne fuirez pas.

*(Il le saisit par le bras d'une ma-
nière convulsive. Jacoppo pousse
un cri.)*

Tenez, voyez-vous..... dites-leur, oh par grâce, dites-leur que mon
frère est innocent. C'est moi qui vous prie à présent *(il se met à genoux)*.
Oh ! tenez, que faut-il que je fasse ? Je suis à vos genoux..... Mais, vous
le voyez-bien, je ne peux laisser mourir mon frère !

JACOPPO.

Mais moi, mon doux Senor, voulez-vous donc que j'aille me jeter entre
les mains de la sainte Hermandad ? Je suis venu vers le prêtre du Seigneur pour expier mes péchés, mon doux Senor, et non pas vers le
bourreau pour me faire pendre.

DON RAPHAEL, *(avec détresse)*

Mais mon frère innocent !

JACOPPO.

Moi, j'ai confessé mes péchés, mon doux Senor ! Demain, voyez-
vous, je vous l'ai dit, je renonce au métier, je rentre à mon village de
la Calabre où ma mère m'attend !

DON RAPHAEL.

Ta mère, dis-tu ? Est-il possible, oh mon Dieu, qu'un assassin ait une
mère ! Quoi ! c'est à elle à qui tu vas porter ton or ensanglanté. Malheu-

reux qui ne crains pas de voir, quand elles toucheront à ce fruit du meurtre se sécher les mains de ta mère ! Insensé, qui ne vois pas devant toi le
remords vengeur, la justice éternelle et les fantômes sanglants qui se
dressent la nuit au chevet de l'assassin ! !

JACOPPO.

Oh ! mon père, Dieu est indulgent pour le pécheur. Et puisque je
vous jure que je vais devenir un honnête homme ! J'ai assez d'or pour
devenir honnête homme à présent. Dieu m'a pardonné à moi, et j'ai fait
vœu de fonder une chapelle à Notre-Dame, la bonne Vierge du pays.

Vous ne me dénoncerez pas, Senor. Vous ne le pouvez pas ; vous
l'avez dit. Laissez-moi m'en aller, mon doux Senor. Dieu est juste en
toutes choses. S'il veut sauver votre frère, il le sauvera ! Moi qui vous
parle, mon doux Senor, j'ai été trois fois à moitié pendu. La sainte
miséricorde de Dieu m'a toujours sauvé.

DON RAPHAEL, (éploré.)

Seigneur ! Seigneur ! j'implore votre sainte grâce ! Seigneur, venez à
mon secours !

UN CRIEUR PUBLIC, (dans les coulisses.)

Condamnation à mort du seigneur Don Fernand de Sotomayor, convaincu de meurtre.

> (La voix se perd dans le lointain.
> Au même instant un cri part du
> fond de l'église. Dona Bianca,
> les cheveux en désordre, descend
> rapidement la scène, va vers la
> porte et s'efforce de l'ouvrir. Ja-
> coppo se cache derrière un pilier.

—

SCÈNE XI.

DON RAPHAEL , JACOPPO , DONA BIANCA.

DONA BIANCA.

Ouvrez-moi ; ouvrez-moi. A mort, entendez-vous ! Ouvrez-moi !

DON RAPHAEL.

Dona Bianca ! Que faire ? Ma sœur, de grâce, du courage...

*(Il fait un pas pour aller vers elle, mais
ses forces le trahissent. Il pousse un cri
étouffé, porte la main à sa poitrine et
découvre une poitrine ensanglantée.*

Au secours ! Je meurs !

DONA BIANCA, *(s'élance vers lui et le soutient.)*

Raphaël ! Raphaël blessé ! Mais c'est infernal ! Raphaël ! Fernand !
au secours !

*(En ce moment Jacoppo se montre
derrière le pilier debout et immobile, et l'on entend derrière le théâtre un tambour qui bat comme pour
les exécutions militaires.*

RAPHAEL, *(ouvre les yeux et se tourne lentement. Il est en
proie au délire.)*

Ecoutez ! écoutez, ma sœur ! C'est le tambour lugubre qui annonce
la mort... Il va mourir... Ne pleurez pas, ma sœur..... Pourquoi pleu-
rer ? C'est un ange qui va vers Dieu. Il est innocent, Fernand... Je le
sais moi, ma sœur..... Pauvre frère ! Il s'en va là haut, avec la palme
du martyre. Et moi, je le suivrai bientôt, voyez-vous ? J'irai le retrouver au ciel... Si vous saviez, ma sœur, comme j'ai souffert... Oh ! cet
homme, je le tenais, là, à mes pieds. C'est lui qui a commis le crime,
dont on accuse Fernand. Il me le disait à moi ! Mais cet homme, je ne
pouvais pas le trahir, n'est-ce pas ma sœur ? Les secrets confiés au prêtre sont les secrets de Dieu.

DONA BIANCA.

Que dit-il ?

DON RAPHAEL.

Moi, voyez-vous, ma sœur, je n'ai pas de famille, je n'ai pas de frère.
La poitrine d'un prêtre c'est une tombe où le cœur est muet et froid
comme l'enfant mort dans les flancs maternels.

DONA BIANCA.

Oh mon Dieu ! Raphël, parlez, de grace ! Vous connaissez le coupable, parlez, parlez !

DON RAPHAËL.

Pauvre frère ! Tenez, tenez, voyez-vous ? Là haut ! Là haut ! Vers les anges ! Ils le reçoivent avec des couronnes d'immortelles. Il me tend les bras à moi ; il me pardonne. Il m'appelle vers lui.

> (*On continue d'entendre le tambour dans le lointain.*)

DONA BIANCA, (*se tordant les bras avec désespoir,*)

Fou ! fou ! Il est fou !

> (*Elle regarde autour d'elle et aperçoit Jacoppo dressé derrière le pilier. Elle pousse un cri. Au même moment on entend une clé tourner dans la serrure. Gil Perès entre et s'arrête. Dona Bianca, effrayée, va vers lui en regardant toujours Jacoppo.*)

Oh ! cet homme me fait peur !

> (*Jacoppo reste immobile. Raphaël ne fait aucune attention à cette scène et demeure tête baissée.*)

—

SCÈNE XII.

DON RAPHAEL, JACOPPO, DONA BIANCA, GIL PERÈS.

GIL PÉRÈS.

Jacoppo ! Enfin ! Seigneur Don Raphaël ! Dona Bianca ! Voyez-vous cet homme ! C'est lui ! C'est l'assassin de Don Luis ! Oh ! ne craignez rien maintenant !

JACOPPO (*effrayé.*)

Cette voix !

GIL PÉRÈS.

Fernand est sauvé ! Dieu merci, Toreno m'a prévenu à temps.

JACOPPO

Toreno !

GIL PEBÈS.   !

Toreno que j'ai grisé avec du vin de Chypre, chez Giacomo, et qui m'a tout raconté ! Ah Dieu ! que j'ai bien fait de ne pas renoncer au vin de Chypre ! Seigneur Don Raphael, ne craignez rien. J'ai couru vers les juges... Ils ont pris acte de ma déclaration et de celle de Toreno, et tout-à-l'heure Don Fernand sera en liberté sous caution.

DONA BIANCA.

Libre !

> (Jacoppo fait un geste pour s'élancer vers la porte. Gil Pérès lui barre le passage et met vivement la main sous son manteau, de manière à laisser deviner qu'il cache un poignard.

GIL PÉRÈS.

Halte-là ! Ah ! Jacoppo, mon maître brigand ! Par mon patron, convenons-en, le ciel me donne là une belle revanche. Tu ne me reconnais peut-être pas ! (Il rit sardoniquement.) Hé ! hé ! hé ! hé ! Gil Pérès ! Gil, ce pauvre compagnon que tu crus laisser mort sur le pavé, après l'avoir traîtreusement assassiné dans l'ombre, et qui, sauvé par un ange, se fit donneur d'eau bénite, oubliant son ancien métier, et ne conservant au fond du cœur qu'un regret : celui de ne plus être près de toi pour se venger, qu'une espérance : celle de te retrouver un jour pour te livrer au bourreau. (Il rit de nouveau.) Ah ! tu ne me reconnais pas !

> (Jacoppo s'élance résolûment sur Gil. Gil tire vivement son poignard, Jacoppo s'arrête et tombe à-demi à genoux. En ce moment Raphaël sort de sa rêverie; porte la main à son front et regarde autour de lui.)

DON RAPHAEL.

Qu'est cela ? Que faites-vous ?

GIL PERÈS.

Oh ! laissez ! laissez, Seigneur ! J'ai juré de le livrer aux juges mort ou vif.

DON RAPHAEL, (*comme frappé par un souvenir.*)

Oh ! mon Dieu, là... tout-à-l'heure ! Un moment de délire ; je me souviens.

DONA BIANCA.

Oh ! revenez ! revenez à vous, Raphaël. Fernand est innocent, Fernand est sauvé ! Je vous disais bien qu'il était innocent.

DON RAPHAEL.

Arrêtez ! Arrêtez ! Gil Perès. C'et homme est venu ici près de moi, dans la maison de Dieu. Le tribunal du prêtre est un asile sacré. Allez, Gil, allez ma sœur, laissez-moi seul avec cet homme.

GIL PERÈS.

Du courage, senora, tout n'est pas perdu.

(*Gil Perès et Dona Bianca sortent.*)

RAPHAEL, (*à Jacoppo.*)

Jacoppo ! nous voici une dernière fois seuls devant Dieu !

Tu es un assassin ! et c'est un innocent qui va mourir à ta place. Ne sens-tu rien qui te crie du fond des entrailles que ce crime est impie entre tous les crimes ?

JACOPPO, (*avec le plus grand effroi.*)

Laissez-moi ; laissez-moi fuir ! Senor, ne voyez-vous pas que je suis trahi ? Ah ! misérable Toreno !

DON RAPHAEL.

Tu n'as donc rien, ni pitié pour lui , ni pour toi terreur des tourments éternels ! Tu ne veux pas t'accuser devant les juges ?

JACOPPO.

Laissez-moi fuir ! Ce que vous me demandez-là, c'est la mort ! c'est le bourreau ! Jamais !

DON RAPHAEL.

J'intercéderai pour toi auprès des juges.

JACOPPO.

Jamais !

DON RAPHAEL. *(qui est du côté de la porte fait un pas en arrière.)*

Va donc, assassin ! Si je ne peux te livrer, je peux du moins te maudire, car tu es sans pitié et sans remords. Va comme Caïn, le front marqué de la réprobation de Dieu, et que le sang innocent retombe sur ta tête !

(Jacoppo va pour sortir. A ce moment la porte s'ouvre. Gil Perès entre suivi de soldats et prend Jacoppo à la gorge. Le montrant aux soldats.

GIL PÉRÈS.

Jacoppo ! le voilà !

DON RAPHAEL, *(tombe à genoux.)*

Seigneur, les voies de votre justice sont toujours adorables ! Que votre volonté soit bénie !

(Au moment où Raphaël s'agenouille, on voit paraître dans le fond Dona Laura qui s'agenouille aussi.)

FIN.